RICARDO PEDROSA ALVES

POEMAS BASEADOS

RICARDO PEDROSA ALVES

POEMAS BASEADOS

KOTTER

Editor: Sálvio Nienkötter

Editora-adjunta: Bárbara Tanaka

Editores-assistentes: Raul K. Souza e Valsui Júnior

Produção: Cristiane Nienkötter

Projeto gráfico e editoração: Jussara Salazar

Fotografia de Ricardo Pedrosa Alves: Sandro Luís Fernandes

Fotografia da capa: João Urban

Dados Internacionais de Catalogação na Publicação (CIP)
Andreia de Almeida CRB-8/7889

Alves, Ricardo Pedrosa
Poemas baseados / Ricardo Pedrosa Alves. – Curitiba :
Kotter Editorial, 2018.
96 p.

ISBN 978-85-68462-67-6

1. Poesia brasileira I. Título

CDD B869.1

KOTTER EDITORIAL

Rua das Cerejeiras, 194

Telefone: +55 (41) 3585-5161

Email: contato@kotter.com.br

1ª edição

2018

o mérito do plagiário? ele retém. (disraeli)

escrever é o contrário de imaginar. (jàbes)

o grifo assinala uma etapa na leitura, é um gesto recorrente que marca, que sobrecarrega o texto com o meu próprio traço. Introduzo-me entre as linhas munido de uma cunha, de um pé de cabra ou de um estilete que produz rachaduras na página; dilacero as fibras do papel, mancho e degrado um objeto: faço-o meu. (compagnon)

Tabuletas de Marduca[1]

[1] Conjunto de poemas baseado no *Poema Babilónico de la Creación* – Enuma Elis (Madrid: Editora Nacional, 1981). O método foi o de ler um trecho e reescrevê-lo, tensionando a fidelidade, que não é a tradutória. Já publicado no *Portal Cronópios*.

I

nada tinha nome nem ali nem aqui
quando a mãe veio e mexeu o caldo
e nada tinha nome e dessa água o nome
daquele que seria destronado
por aquele que seria destronado
por seu filho seu neto seu bisneto
sempre ficavam mais fortes
e comiam seus pais com fome
e agora tinham todos tinham nome
e as crianças faziam muito barulho
quando a mãe veio e refez os pais
uma reunião fizeram nas estrelas
cujo brilho feriria os roedores
nos seus ninhos convulsivos de odor
é preciso que os filhos se calem
para que haja rede e soleira e sonho
que se acabe essa história de nomes
(fomos todos enredados pelo mel)
o mel sob as crianças armava a guerra
porém o sonho de uma delas a vera
impediu a escultura e a dança melífluas

mas isso por pouco tempo (um piscar)
crianças com som sumiram consumidas
e onde era um túmulo temos um templo
e onde o templo reina nasce o sereno
e banha de luz o tempo e emerge pleno
e seu nome se erige e demanda acenos
e seu nome se implanta como coroa
aqui os pais sorriem se não nas bucólicas
quando se anunciavam o césar e a razão
e o sol enfim comandava Marduca o chão
o sol que se duplicava e quatro seus olhos
quatro seus ouvidos e tudo resolvido
os músculos as faces a coragem a força
traçaram as linhas do círculo sem volta
ouvia tudo e via o que nem surge
mas havia um segredo ainda por perto
o osso do passado seu suor de nojo
tentava na guerra um último alento
forraram a paisagem de serpentes
dentes de sabre carne de gente
sementes de venenos brotavam dos poros
as órbitas dos olhos viravam

a viúva vingada bebera o mel

aguardava o tiro a página de pugna

mulher com raiva tira monstros de si

centauros-dragões-catetos-felinos-de-gente

um somente os comanda outro pleno

digno como o nome que a boca solta

digno de uma boca que solte nomes

só ele em seu abandono com seus nomes

dizendo dos monstros seus destinos

e ritmos e o passado tecido

nome de dizer o combate é bem-vindo

que se apague o fogo do inimigo

II

lajamus huracanes mangas do mangue
nomes escorpiônicos armados no sangue
o mar crescido fêmeo se eriça
ameaça a cara dos caramujos lidos
alguém o lê no mal de mel do mar
e volta e conta e o inimigo bebê crê
o império vindo boca de onda
nos baldes das crianças na areia
dançam empanadas serpenteiam
o arauto conta do mar babando
o escutamos contidos na casca
o mar imenso com vestes de luz
um molho de monstros canídeos
os filhos do vento os da lama
os do fogo os filhos do intenso
coroados de veneno descarnados
com aquele à frente seu marido
não é o pai mas o pai inimigo
vêm nos afogam levam nossos filhos
temos para isso um nome de chefe

um chefe de nome mas não homem
deus de comarcas mas não homem
nome de porto para que nos defenda
vêm nos afogam levam nossos lidos
quebra fácil o que não é coisa
coisa de nome não para em pé
o fim do mar é quebrar a terra
a terra se arrasta o fogo com lama
não dá se onda demanda mundos
pobres lidos mundos não temos
não sou filho de pai sou Marduca
posso o eixo e azeito a flecha
digo que o nome não se apagará
digo que o nome não se apagará
luz que não deixarei furacões
flamejarei meu corpo de estopa
o mandato dos meus lábios
seja ele em loas agora a lei
não sou do nome do mar
nem do pai que não é meu
sou Marduca e posso e quero
quem não que se acautele

III

sempre há um senhor em terra
olhando distante se treme o mar
o pássaro galgo pousado no ombro
ouve baixinho o ditado do dono
palavras e penas meu louro
combina na sua fala de fole
leva Marduca no nome
rinham os galos nas unhas
que és louro e fala por ouro
ou outro idioma do mesmo coro
que o mar vem como mau agouro
seu mel lasseia as lides bambinas
em laços e ligas serpentinas
brilham os olhos mas de veneno
um bicho onde que tem na onda
que leva o leve com dedo leve
que lambe o breve contando prosa
conta louro que a sorte é breve
o mar avança e berra e zera
o mero repetindo-se em erro

que fizeram um chefe de nomes
repleto de placa e medalha
um chefe de palha mas chefe
armado de monstros nos dentes
de um mar que mudou de repente
desrespeitadas as leis presentes
de respeito entre fogo e mar
mas Marduca em si é o nome
o que nasce sem ser nomeado
ainda que em todos ouvido
sabendo que diz o que digo
Marduca só quer seu dizer
e diz o que o pássaro ouve
e voa para o dito redizer
dizendo que o mar é um mito
o mal que não vemos mas há
vomita o mel nas novilhas
apaga seus sol e fagulhas
pássaro louro manga e galgo
jazz e rediz o s.o.s. dos filhos
mar que revem com lajamu
os seres de meio e de aleijo

focas-felinas e homens-serpente
gargantas de cave canem
o mar e os espinhos de flor
o mel e os colírios de sal
e vêm os onze males do mar
sopa que nos quer afogar
a boca do nada a expele
nomes de nada farfalhas
cercados de numes da luta
deuses do inferno da liga
liga da praça e da vida
e assim só Marduca se ergue
não pensa e já sabe o nome
agora só o nome de sua boca
só um homem agora para o nome
Marduca que luta sem rugas
ainda que de ouvido rediga
as linhas do destino da mão
vêm do vinho e do pão-dança
quando o ventre acusa o certo
quando a pança arrota o eixo
eis de Marduca agora o preço

IV

Marduca acordou no enlevo

em volta os filhos de fogo do medo

rendiam prazeres e traziam frutas

falavam longe do vingador só

do só do nome e da destruição

a palavra encantamento da ação

saía nas linhas das vestes do mundo

entrava no texto da textura

dizia se sim e se não o ser

a capa de uma mulher trouxeram

Marduca lhe disse o nome sem som

a veste foi virou noite

não barroca mas noite do fim

sem corvo sem antivírus

Marduca comeu a pele de brilhos

cetrono e palu de coroa de brilhos

ilha só do oceano Marduca

pleno Marduca de espelhos

vai matar o mar todo

ralo no peito do dono do nome

faça um arco setas de fogo

os ventos definem-se por seus nomes

o vento varre a mão do mar

tacape e archote e aljava

brilhos dos pés à cabeça

cavalos nas pontas dos cascos

flutua o senhor sobre eles

diz seus nomes come com eles

Marduca sustenta uma rede

pesca o mar na peneira

chega perto colhe o caldo

observa a cultura do líquido

suas paranoias seus chiliques

Marduca o cutuca fustiga o mar

faz saber seu nome de dono

quer o tempo do dilúvio

envolver em fios de alga a água

estocar no ventre o vento

escrita a fala não vibra

sabia-se o nome inconveniente

fibrilado num assobio ao microfone

quero (Marduca dizia) dizer o nome

do que não é do mundo
que o mal não é do mundo
é do sal do mar e seus caldos
do fim dos rins e seu saldo
dizia e era já como se fizesse
o vento sabia o rumo fundo
feria o ventre vazio da baía
o mar não fechava de novo a boca
dali não saía de novo fôlego
a flecha fechou o jogo
e tudo que era água e coca
escondeu-se de Marduca o fogo
nada adianta ante o rei do nome
que na carne traz a fera louca
corta ossos olhos come tudo
tem a rede e a seta e o nome
guarda o destino no bolso
e ainda volta e mata de novo
retira pontas destrói digitais
entranhas entradas no eterno
Marduca as engole e reza
sabe da morte ideias de arte

abre o mar no ventre pescado
como peixe repartido em lados
firmamento um e céu outro
partes que o nome concebe
ordem nos lindes de um verso
entoa as entidades conexas

V

agora se erige o cenário
sabem-se os nomes do tempo
estrelas fazem razões e senões
tudo à imagem de um plano pleno
Marduca compõe sobre ruínas
diz onde o planeta tempestuoso
onde a meta de méliès e solaris
aquela faz os dias ritmarem-se
levados pela evolução dos cornos
num retrato quadrado das horas
de quem sabe zero e parábola
somatória dos sims da palavra
calcula os lugares da lua
suas poses de estrela no céu
então tudo que é poema cai
tudo se quebra nada resta
palavras corroídas de sol
altar de jasmim em festa
palavras de pentear o astro
o arco que contém o tempo

seus nomes de brilho
suas tintas fulgentes seu tino
Marduca celebra o destino
as nuvens que as águas do mar
o verso sem terminar
mas faz assim Marduca
pega o mar traz como um corpo
joga o despojo do morto na praia
abre dos olhos fios de água
faz brotarem rios com tigres
fratrias de povos às margens
desenha o colar do céu
ninho do chão tapete de carne
nomes de tempo horas de templo
arde a memória com alarde
faz o que a festa pede
os povos seus donos celebram
varal de vivas salva de salves
cabeça em que cabe coroa
estátuas dos restos da guerra
canta a vida Marduca no encanto
faz a casa para os pais santos

brilha o assoalho flora o lavabo

cheiros e cenas e cânticos

aqui não tereis abandono

teus são meu leito e trono

ousa dizer o lar babilônio

divide seus donos em pares

planta o nome dos lugares

com o bálsamo da paz

artesão das formas fartas

formão das normas férteis

cidade das pedras do mar

saiba o mundo o seu cantar

VI

sabendo que as sobras nos fartam
arde à parte de arte Marduca
seu riso vemos na sombra
diz (ele o faz) quero fazer o ser
quero que disso cuide o homem
do pai não sai porém o sangue
reclamam os deuses parte no plano
não nos divida dizem ao dono
antes escolhe um filho para bode
lendo nele o modelo que pode
ordena ao ser que nele se molde
aqui também vida vem de morte
sangue somos da insurgência
beiços do demo do mar
vozes de sua incontinência
mata-se o bode e se pode gozar
livres se esquecemos o mal
sabendo que há deuses de cima
e que há deuses da rotina
tudo em Marduca a fala faz

com sinais de beleza e plano
só os homens trabalhamos mais
o brilho no rosto de Marduca
e nós a modelarmos ladrilhos
eras filho e hoje és dono
toma de ouro fizemos teu trono
fronhas sem ondas onde sonhas
a mais alta morada em babilônia
cada cada em sua sacada
saúdam tua fúlgida entrada
o banquete que fizemos
coroamos os canteiros
Marduca o de cimabaixo
seus primeiros sem origem
o arco de floresta inteira
tudo pousa em seu lugar
as coisas esposas de seus esposos
tudo redunda no ovo do mesmo
somos o povo das cabeças pretas
prestamos continência e alimentos
levamos seu alento lavamos o templo
repousem por nós de barriga cheia

cabras de cara preta somos
sabemos de Marduca outros nomes
o homem que sem pelos
queima uma vida o cigarro
caga-regras e senhor superego
nomes do sol e sua teia
o que sabe sem esforço
ferramenteiro de fermento
pai de nosso sofrimento
Marduca o que sorri por nós
monitor dos templos e tremores
este é seu nome e luz outro nome
e chão pois nos fez sem o mar
do fim do fôlego nos salvou
Marduca que possui as palavras
ele que sabe guerras e desgraças
quando quer nem diz e faz paz

Falsos Faustos[2]

[2] O primeiro poema foi baseado no livro *Fausto – Tragédia subjectiva*, de Fernando Pessoa (Rio de Janeiro: Nova Fronteira, 1991). O segundo poema foi baseado no livro *Meu Fausto*, de Paul Valéry (Cotia, SP: Ateliê Editorial, 2010). Em ambos, a apropriação termina ainda na introdução. Tanto em Pessoa como em Valéry, os Faustos ficaram incompletos. Aqui o exemplo é seguido. O Fausto em si é a narrativa de uma aposta complicada, prestando-se bem ao fracasso de cada escritor que o tente recompor. Os dois poemas já foram publicados na *Revista Orobó*.

Falso Fausto de Pessoa

antes do poema, a propaganda, ouvir o jazz que diz
que nada é sim, tudo é por um triz

era o poema, o pessoa num salto de um vácuo a outro,
ondas querendo sair da boca

boca que leva a nada, ondas levantadas para rebenta-
ção, ondas não, querendo ondas

poema que chega ao abismo, sabe do salto certo, voo
de nojo nojo nojo, gira em zero

mais além, instante só não há que não seja corpo de
mar de mineiro, minério dentro?

vejo o pessoa no corpo aberto ao lado, pedindo (con-
cedendo, o diabo) se o estrague

descreve uma tarde de redondeza nas redondezas e a
juvenília vê o inferno interno

no cós do livro a cor da palavra ou o que nela palrava e
não o comunitário e o certo

um escuro escroto dentro não tanto do visto mas do
vedor (desliza igual a gráfica)

desiste de sono de página, picado de verdades acres-
centa um sinal de menos

a novilha bebia água na mão do quadro, o avião que se
fotografou na pupila

deixa o livro aos vermes, roam o que não sabe, rolan-
do na cama o dissolvido

quando só o pensamento e seu remordimento na luta vã de deixar o parquinho

beijando o vento eu era feliz, li o mundo e agora a poeira lenta lambe meus prismas

no frio sei pessoa que há pessoas e que há o que há e isso é tudo e é todo o mistério

e não sei se sei e nesse escuro as piruetas e os toques de sinos e as verdades meninas

quem passa olha (imagem que trema nos olhos) cavo o senhor cãs do desterro

brisa de luz, a seiva luciferina da metafísica, seu remendo quando seca o seio da borda

leitor e bibleitor, biblioluneta, ardendo de metas, voa lava e vê longe o engano

o engasgo dos risos não reclama, poemas com a voz de asno amo, homúnculos blues

o rio é quase pensamento, se no rio do pensamento não rio, quase o pensamento ri

suspira e sabe o logro, gangrena de ir e voltar e não perceber que deixou a chave fora

insuportáveis talismãs da graça, desato os tratos cotidianos, violento-me nuvem breu

vulgo ri de vulva, ri de ursula andress, undressed dez ursulas na gula do rameiro, da vã

riem da usura na rudeza à superfície de suas danças, seus volteios de rãs coaxantes

e os odeio, passo a ser o pessoa da máscara de falso
falo o-fáustico, mordiz se riem

que não rio, ainda que o-sinalado-q-vê, e ao meu lado
tv-campônios rebolam o xaxado

pesco suas caras dentadas, salivam na medula mood da
máscara pessoa, o eu falho

mesmo que ao meio, divisando de um lado um paraíso
grosso, de risos toscos

o esbofeteio felino de suas pelúcias, felizardos com
quem não componho, sonho

não sou da vida, me diz o que em mim soa pessoa,
ardido de horror não rio o rir

cobrem de ahs e rás e ulalás o misterioso gargulento,
que os peçonhe o demo

foquinhas decepadas fiquem, fêmeos de ranho, e seus
filhos junto, petitos jumentos

mas eu, poeta pretenso que penso, não vejo graça no
que passa, o sim do incenso

odeio a turba e seus ranços, o obscurecido arremate de
seus gestos, as línguas mesmo

sibilo o acidente, sei de seus indesígnios, sussurro e
nada, danados dançam somente

e mentem a morte, que me atordoa a mente, rodopio
mais na verdade que a corja

pois virá o final, e suar não se ensina, sabem ou não do
mal os meninos que flamam?

e eu cão pactário, zenitando de cismas insisto: os saltos
do palco zurram, não somam

quero o mar maquiado não quero morrer maquiado de
pessoa quando salta da cena

sonhar a verdura da viga da vida, sua paginação sem
bolor, como a canção de amor

nesgo o ego, galgo além e cego agasalho com as pal-
mas a alma hologramizada

quem me diz, diz o poeta, o que diz o peixe? o que
quer o bolo e que sabe o pêssego?

ir sem ser sem sempre saber o que, não não é ir, não é,
não é sequer pensar em ir

e rir não me convém, penso somente e insano mesmo
em espasmos de cosmovisão

se não vivo a vulgata (preso dos anagramas, do xadrez
com deuses e chá com majas)

ver o riso ainda não, e menos, e a mais negra aniquila-
ção ainda melhor que insolação

me quedo sim, rindo por dentro a carne da invenção,
mas não aqui na boca da canção

não na página analfabeta, piada de peidos dos piabas,
cáries satisfeitas da alienação

tanto e além são tudo e mais no meu mindinho, me diz
o espelho, se canto sozinho

nada aqui tão tanto quanto além e tudo quando canto,
digo sozinho eu de espanto

não tem mais nada que eu não saiba e sei tanto e ainda
assim o não é que mais canto

eis do que duvida o fausto em pessoa: de haver além e
tanto e não tanto quanto

de ser o canto um encanto como o sono, adormecen-
do não me pense o espelho, quer

e saber o muito não vale o canto ou o sono, quando
não se é corpo e se é nada ou ar

a imagem é como a máscara é, e pessoa é como fausto
é, e é como lúcifer sua imagem

abre o abismo para saber se é abismo, se o fundo do
mundo não pode ser como deus

se o deus tem fundo, e mesmo sem fundo seria o deus
ainda mais que fundo e mundo

eu peço, pessoa pede, o acesso ao ser do incenso, subir
em breve e ser só moço

se o espelho com seu manto pode, depois de meu can-
to encanto possa, me concede

diz ser deus um osso como o meu, como o meu que
espero tanto, tanateando tanto

quando eu morrer, o canto não mais será, meu medo é
tanto que ainda canto e só

para que eu ouça o sal e a garganta e o fôlego de osso
e o espelho diga o encanto só

(que mal é terra ser e bem é ser só terra) e espero sai-
bas, ó vidro, o que lhe pede a voz

Falso Fausto de Valéry

propõe um roubo, sedição – deixa a luz ser sua, ela
que sabia dos rodapés e porões

lista os desejos como um campo de pouso, apossar-se
dos voos dos vocábulos

um matadouro?, máscaras que suam, contar no seu
peito os pelos e a ideia presta

conta antes do conto, diz é o alemão, que roubou do
povo, de quem roubo

sou um desajeitado, apago os projetos, estilhaço me
chama pelo nome, ou o-metades

começa o bis, ele e lust, lust ri, ele faz que nem, não,
nunca, rir?, nem, quem?, ele-eu

gabinetam a luz de dentro, vá rir lá ou nem e lust sim,
sir, rir de isso isso, ideia ri?

faz mais o não faz, lust, faz o convulso rústico, da alma
o flato fácil, faz lust lisinha, faz

não, diz lust, faço o riso louco, onde, seco, não vais,
vou, não vais, saradinha, sinetinha

taras do autor notório larápio de filetes de limonadas
de linguagem com sardinha

quer lust lolitada no limo do olho velho ver sair dali
moninhos moídos em moinhos

o belezável dela em cio, sua veia atriz da tarde de sarda
e ditados, palavras tateantes

faz errado que eu gozo, lust, o capítulo orvalhado na
perna suspensa por um dardo diz

que eu digo o que gosto, lust, não respeito mais o no-
minável e o nomeador

quase bufo de ferpas de urro, fustiga lust sobre a lesma
de um nome de sexo burro

sexo burro pode ser o título da aventura, costura bosta
na boca de lust e a surra

fausto fustiga o muito revolvido, religa os acidentes
numa carne inconsútil e dura

quer o lembrar do leitor, numa briga, quando o fato e
o boato combinam missa

mas é tosca a bossa do seu gesto, cola com cuspe o
bricolado de citações do cio

lust é quem salva a cena, acenando ao acidente e ao
que passa, o vento, a ave

sabe que o mestre mastiga o roto, abriga no reto reló-
gios passados, retardos retratos

um espantalho o velho fausto, barbas de molho e o
miolo rodopiando quixote 3 por 4

comeu viagra o demo? fica afagando as pérolas da ore-
lha de lust, folgando em vê-las

quer que ela acredite nele, seus erros memoráveis, co-
lhões de alcova por seu aplauso

lust, me bata, falta que diga o dono, tanta a adoração
na luz dos olhos da mestiça

lust que baila e destrói as regras do suposto sábio, cri-
tal de lust e luz na página

que ela fale, pede-lhe, coloque em caixas aquilo que se
espalha, nomeie os furores

é o que lhe pede fausto, um diário a ser queimado,
com todas as considerações

lust convoca à conversa o vate do erro, o não, aquele,
o morfeuzento, o insereno

sabendo se o patrão, como todo patrão, fez o contrato
provável, se assinou na veia

e ele nem mais se lembra, nem sabe, nem confirma,
nem entende a velha celeuma

discutem o que é o inominável, o artigo fascista, o gos-
to de cerveja no mijo, a jaula

que ele é a quilo, o que ele é sendo o que é, orvalho
belo, celas de cadeia e de monge

mongo dança na areia e sem marcas, voa na lua nova e
a vemos cadela plena, ele o-ela

enfim chega o hóspede de sotaque estrangeiro, arden-
do de cecê, mas limpo pince-nez

lust me deixe, manda fausto, o meio alto e meio baixo
me veio ver, não ver por ver

estão na ceia ou na jaula burguesa o credor e o deve-
dor, enredados em redondilhas

cuspindo na mão e dando bom dia, apostam de lust o
fígado de açude em pérolas

o homem é clérigo (não o homem, o de sobrecasaca, seu cheiro o disfarçando fácil)

é que a dívida trai quem a contrai, a baba do moço-com-credicard chama ao telefone

o diabo vem, fica falando em consoantes, abdica mesmo da ignorância fingida

sim, fausto, vale sua vida furar a transparência, a louca ardência da lança na mestiça

rodam a sala em duelo de impérios, retrai-se o tolo que quer reescrever o dolo

que me chamou, grita-lhe o demo, se não vale o que mostra a calça ou nome varão?

se o monte que as pernas cantam, o lago de plantas plenas, se os nega e à rede volta?

quem deve talvez sejas tu, sem 'fausto' no largo de um povo-shopping, repõe fausto

quero também no teu nome coroar um desígnio, trono riscado na barriga de meninos

és bruto, ó guedelho, teu luto já corre o mundo de espelhos sábios e sábias antenas

certo há raças que ainda somam ao escuro o teu nome: definham no bate-boca da tv

eu fausto sou o pleno pensamento e sei a medida entre meu braço e o que o olho alça

mefisto entorna a parentela do herói, rói os nomes dos raros tornando-os meros o brilho de cada se esvai pois todos, enfileirados, numerados, posam o mesmo delírio

só fausto, assina o fistófeles, tem sina diferenciada, face rebelde e molde flamante

e é ele que sonha a suma, seus lábios liram os estilos vários, pletora tudo e todos

da mais miudinha à arraia graúda, castas dissolvidas no caldo das vozes, vomitório

o múltiplo com acidentes, todos os tomos, totalmente e ainda assim de repente

o menino que vai pra cova cobra do demo as letras de efeito, retoma o destino

quer o azeite dos erros, todos os costumes e faustos no meio e que o diabo ajude

seu giz não gira amiúde, e lust e aquele um, cada um no seu posto revisando faustos

o livro em si salvará o algoz, gozando juntos banqueiro e cliente, agora invertidos

que o capeta não tarda em sumir em vinheta, assegura o autor, nos tempos vindos

terão ambos assinatura, tudo posto, folhas de rosto com fausto e mefisto siameses

a fera do círculo nono não sabe que tudo, no mundo de fausto, faz riso do ido

mitos circulam na maquinaria de canos que chegam aos shoppings pelo subsolo

e a módicos preços engordam os meninos que sabem
de tudo, do caos ao dinheiro

os diabos do mundo superam a besta, os ossos dos
homens na mesma casca

não sobra senão o livro (mal sabe o fausto das fezes
que livros deixaram nos feitos)

povinho da rua não compra do antigo, fazem u.s.a.
com fungos nos dedos e se rezam

não é pelo eterno, mas pelo bolso cheio e a pele sem
caroço (perdeu, satã)

restou o rock, escroque de almas, ficar vagando nas
camisetas black dos nerds brancos

o mal melou nas pedras, zumbis petitos pedindo nos
faróis (seu mal não medra mais)

e ouvindo tudo, sem rosto alto, as mãos nos bolsos,
pelos muitos, suspira e diz o demo

assino tudo, pois é, assino o livro, assino as loas: seja o
que o mercado editorial quiser

Kurt Schwitters passou pela Terra

ou

Achados e Roubados

a um poeta[3]

escreve e sua

é a força e a graça

[3] Baseado no poema "A um poeta", de Olavo Bilac.

lambendo a imprópria língua[4]

língua que me cativas

ó língua, em teu labor
língua-ideia, língua-sensação
ó minha louca língua
língua do meu amor
língua-lâmina, língua-labareda
língua-linfa
língua-cáustica, língua-cocaína
língua de mel, língua de plumas
ó lingua-lama, ó língua-resplendor

língua que me enleias

[4] Baseado no poema "Lépida e leve", de Gilka Machado.

canção do exílio em terra estranha, entre gente[5]

Em cismar, sozinho, à noite,

Em cismar – sozinho, à noite –

[5] Baseado no poema "Canção do exílio", de Gonçalves Dias.

meus oito meses[6]

que-que

da-da

da

que

que-que-que

das

dos

do-da

que-que-que

que-de

de

da

de

das-de

de

de

[6] Baseado no poema "Meus oito anos", de Casimiro de Abreu. Trata-se basicamente do manuseio de uma tesoura sem pontas.

assim como[7]

uma

uma ausência

isso que não está,

essa ausência tão ávida,

aquela ausência sôfrega,

(jamais a encontrarás)

do nada ela destila,

sem ajuda dispara,

e vive a se parir

e com facilidade

(já sem morder mais nada)

por si mesma se apaga

(a sua abelha cessa)

já nem se espera mais

sem sombra e sem vertigem,

não importa qual seja,

quem sofre sua rapina

---

[7] Baseado em *Uma faca só lâmina*, livro de João Cabral de Melo Neto.

não pode contra ela
(e até nem mesmo o tempo)

e nem a mão de quem
(e em tudo quanto é vago)
trabalha com palavras

pois entre tantas coisas
passa, lúcido e insone,
e daí à lembrança
e afinal à presença
tão violenta
que ao tentar apreendê-la
toda imagem rebenta

chegada de Lampião no inferno[8]

- Moleque, sou cangaceiro,

Moleque abre o portão

Saiba que sou Lampeão

E assombro o mundo inteiro

Então disse o tal vigia

A Satanás no salão:

- Saiba vossa senhoria

Aí chegou o Lampeão

Eu sei que ele se dana

Quando não puder entrá (2x)

- Vá dizer que vá embora

Vá na loja de ferragem

Tire as arma que quisé

Hoje o negócio se dana

E gritou: - Eta baiana

---

[8] Canção baseada no cordel "A chegada de Lampeão no inferno", de José Pacheco.

E o compadre Lucifé.
Brigou tomando tabaco
O chefe do batalhão
Lá vai toda a tropa armada
Faca, pistola e facão

Lampeão pulava tanto
Que parecia um macaco
Saiu um fogo azulado
Incendiou todo o mercado
Houve grande prejuízo
No inferno nesse dia
Queimou-se todo o dinheiro
Que Satanás possuía

Todos contra Lampeão
Mas, deu-se a revolução
Todos contra Lampeão
Mas, deu-se a revolução

Porque eu sei que ele se dana
Se ele não puder entrá (2x)

Quem duvidá desta estória

Pensá que não foi assim

Que escreva para o inferno

E mande sabê do Caim

no reino das sombras[9]

medito, evocando o teu rosto

que saudade de ti

teu rosto banhava-se na luz

eu te procuro ainda

na poeira de sóis da solitude infinda

[9] Baseado no poema "No reino das sombras", de Dario Vellozo.

Cruz e Souza[10]

que levita inspirado
de um requinte ignorado
e iatagãs de mouro

de púrpura e de prata
a estranha serenata
entre os teus braços desce

é um poente de outono
e iatagãs de mouro

nobre e celestial oblata
de púrpura e de prata

[10] Baseado no poema "Cruz e Souza", de Dario Vellozo.

reguaraqueçaba[11]

eu sou da terra dos lírios bravos
por entre lírios vermelham cravos

minha casita branca de neve
minha casita que encantos teve

eu sou da terra dos brancos lírios
no céu escuro crepitam círios

eu sou da terra dos liriais
que lindo rastro nos areais

mar soluça beijando a praia
onda ruge, onda desmaia

[11] Baseado no poema "Meu lar", de Domingos do Nascimento.

o mar consútil[12]

Onde está o mar? Onde está o meu mar?

que vós perturbais quem dorme no mar!

o mar não é isso que acaso pensais

o mar é cada vez mais amargo

explíquemos aos homens os mantos do mar

os siris comem olhos de cadáveres irreconhecíveis

parece que em minhas veias correm rios noturnos

que a chuva dos céus cai dentro de minhas mãos

nos areais movediços e silenciosos que já foram o fundo do mar

penetramos nos mares sem fim

lançamos as redes sobre os mares revoltos

as montanhas do fundo do mar se elevaram

o fundo do oceano estava juncado de setas

o mar trouxe os búzios do fundo, houve paz

---

[12] Baseado no livro *A túnica inconsútil*, de Jorge de Lima. Leituras em busca do mar.

e as mãos: nós somos asas

a ave trouxe a enchente

o enorme edifício em frente ao mar

houve a Queda entre vós, peixes?

peixe que nasceu antes da primeira água

que havia inventado um navio para atravessar o mar

e porque aqui tudo é imprevisto

ouve a tua voz sobre o dorso do mar

ela me encoraja no mar

para colhê-la de cima das águas e oferecê-la

mais bela não há no alto mar

mais bela que há pelo mar

praias do mar; no primeiro dia

tão fortes que estremeciam o mar

pedra tinha sido jogada no mar

e era como o antigo deserto

tabacaria revisited[13]

Não nada

Nunca nada

Não querer nada

isso, em todos os sonhos do mundo.

de tudo pela estrada de nada

como se

as coisas

tornando-se

De dentro da minha cabeça

como

de que tudo é sonho, como

ervas e árvores,

tanta coisa!

se concebem em sonho

tantas certezas!

[13] Baseado no poema "Tabacaria", de Álvaro de Campos (Fernando Pessoa).

Não, nem

Não

Sim

E quem sabe

E não, ainda que tenha razão

o que não

o que

Não, nem em nada

Mas é opaco,

é alheio,

e o Indefinido.

que nunca

destes versos

o Impossível

mesmo um

menos

(e não encontro nada.

é, como tudo.)

sem nada

disso;

Talvez apenas, como um

aquém

de mim

E o que

Como um cão tolerado pela gerência

como coisa que

sempre

Sempre uma coisa tão inútil como a outra,

nem uma coisa nem outra

Acendo um

E continuo

Enquanto

fosse feliz

Reconstruiu-se-me sem   nem,

e o Dono da Taba-

caria sorriu.

pound and cummings: cum together[14]

Ó mulher de meus sonhos,

meu amor,

tua cabeça é um cofre

das joias frias da mente.

tua cabeça uma selva ágil.

tua face é como um rio com luzes.

teu cabelo é um reino

onde o rei é a escuridão.

teu cabelo é um herói

que ignora sua derrota.

tua fronte é um voo de flores.

De olhos escuros, a traição

de sinos vistos por entre o incenso.

teus lábios sátrapas em escarlate

com fios de ouro em frisos

cujo beijo é uma união de reis.

teus seios de abelhas brancas

---

[14] Baseado no poema "My love", de e. e. cummings (*Tulips&Chimneys*, tradução de Mario Domingues) e no poema "Figura de dança" – trechos em itálico –, de Ezra Pound (*Lustra*, tradução de Augusto de Campos).

no galho que é teu corpo.

teu corpo pra mim é Abril.

cada axila aproxima a primavera,

"Árvore-ao-pé-do-rio".

Alvas como a amêndoa são tuas espáduas;

Como amêndoas recentes desnudadas da casca.

Como um renovo sob a cortiça são teus braços.

Como um regato entre o junco são tuas mãos sobre mim.

teus pulsos sagrados são guardiões das chaves do teu sangue.

Teus dedos uma gélida corrente.

tuas pernas plantas de sonho

cujo fruto alimenta o esquecimento.

tuas coxas alvos cavalos de um carro de reis,

são o ritmo de um ótimo cantor:

entre elas sempre há uma doce canção.

Ah! Sua música ao teu redor

em tua beleza o dilema das flautas!

teus pés nos tornozelos são flores num vaso de prata:

Não há nenhuma igual entre as dançarinas,

Nenhuma com pés rápidos.

De sândalo e marfim,

Não há nenhuma igual entre as dançarinas,

Nenhuma com pés rápidos.

poundeuma: pagando pau pro pound[15]

Talvez você tenha o prazer de profanar meu túmulo de pobre

Toda afirmação geral é como um cheque emitido contra um banco

Nunca se escreveu poesia de boa qualidade usando um estilo de vinte anos atrás

A prosa é tão preciosa e tão merecedora de ser procurada quanto o verso, mesmo os seus fragmentos

Difícil escrever um paraíso quando tudo nos parece impelir a escrever um apocalipse

Que eu perdi meu centro, combatendo o mundo

Ouçam falar o vento, esse é o paraíso

Deus maldiga quem quer que grite Paz!

Quando a tormenta mata a horrenda paz

Cuspamos sobre os que afagam as grandes panças por lucro

Acabemos com os lacaios e as negociatas

Vossa morte, cadelas, recrudesce-me o júbilo

Não pode achar pureza quem de piedade é presa

Nenhuma coisa morre com limpeza

---

[15] Baseado em trechos de Ezra Pound. De onde? "Me nego a ministrar clareiras... Virem-se." (Baseado na nota introdutória de Paulo Leminski, no livro *Catatau*).

Entram somente sombras na minha tenda

Ainda que meus erros jazam a meu lado

Muitos erros, um pequeno acerto

Tudo isso poderia ser sussurrado ao ouvido de seu Embaixador

Isto poderia possivelmente auxiliar-me a ficar livre do xadrez

O vovô precisa ser tirado do caleboza algum dia

Antes que a noite mate a luz

sol serpente: sol serpiente (Aimé Césaire)[16]

Sol serpente olho fascinante meu olho

e o mar piolhado de ilhas craquelando nos dedos das rosas

lança-chamas e meu corpo intocado de fulminado

alça a água as carcaças de luz perdidas na escudela sem pompa

de turbilhões de banquisas aureolam o vaporoso coração dos corvos

nossos corações

é a voz dos raios aprisionados girando sobre os gonzos de lagarto

transmissão de anolis à paisagem de vidros quebrados são

as flores vampiras sucedendo às orquídeas

elixir do fogo central

fogo certo fogo de noite de mangas coberto de abelhas meu

desejo um azar de tigres surpresos nos enxofres mas o acordar

estanhado dá jazigos infantis

[16] Baseado no poema "Sol serpiente", de Aimé Césaire (*Las armas milagrosas*), em tradução de segundíssima mão.

e o meu corpo calhau comendo comendo peixe

colombas e sonos

o açúcar da palavra Brasil no fundo do lamaçal

Cair de costas[17]

[17] Poemas baseados nas duas primeiras partes do livro *Cair de costas*, de Ronald Augusto (Porto Alegre: Éblis, 2012). O método é o do poema como decantação de uma leitura.

benjamin e o anjo de costas de klee que não quer cores mas claro&escuro cair de costas do ronald catástrofe mas queda e não movimento ou, não continuidade mas gesto o um só da queda, mas não deserção pois cai de costas: o percurso cronológico contrariado impõe outra questão (que é na origem que termina a queda como se, também nascido do chão, e indo para o futuro, também se revertesse a caída): o atingido de frente ou, no mínimo, o que quer continuar de frente para o mundo dos vivos (e de costas para o dos mortos), certa consciência da queda (a conferir, a determinar) de quem morre&-continua no mundo, ainda que.

o nome? (em grego, o que particulariza, o que revela a característica).

sem ginga o quadril de pedra: outra música? poema, a moenda, musseque a terra vermelha, loanda, a lama dos casebres em que se amam, não, divergem, contrários, suados de favela (mexidos em pilão), também angola as bessanganas, estamos na deturpação social e histórica da áfrica, mas não, não isso, elementos como: tira a música óbvia e põe outra (como quem não pode cortar ao certo o pão, que não há, e faz isso com migalhas, farelos de chão), para terminar com o quase xingo-moleque, moleque, chamam assim, apesar.

a página me revolta, uso-a no mínimo, com meu(s) raro(s), não o seu, ainda que não se possa, dizer se o olho (palavra) vai dentro ou fora ou & (da opressão).

depois do nome o intervalo, no vá de va-lha, quase vazado, reticente porém, porejado&não em branco (que de branco já bastam os brancos, vários à mallarmé, hein?).

outro me fala (negro, pemba, avoengo) e o leio (quadro-nêgo) como quem em desfebrização escreve, não escravo, meu nome de tiros (vãos vários) picotado.

o dizer doce, o dizer dos doces, o dizer como os doces, os dizeres da doceira, os doces deserdados num além da mais-valia? (mas não, mas sim): comida dos outro, religião dos outro, opressão dos outro: sobra o emprego (oliveira) de negro (silveira) e ao mesmo tempo ditos os versos vindos da oposição, em postes opostos (a aposta-resposta do travo), ainda que o não seja ao fim o fim.

relendo o ronald ao longo do dia lento, de rastelo e espelho no colo.

nome de intervalo, o que o google olorum escolhe: o nenhum?, partes que não colam, polpa "sem prole" (umbra que a devore em vazio de onoma). mocama palavra no (embornal não há) mnemoseiro.

lamba o livro branco: lembra?, o dialeto eliot do waste lama?

palavras que dizem uma na outra, calam os nomes (saussure será o projeto do deserto?).

o intervalo, enfim, é um lugar malíssimo, de sangue coagulado por cola, de vala cubata por cova, daquilo que não falando (quase) em esmola, ainda&assim, assola.

o seu fetiche é a minha pele (onde o dentro penumbra): você me desenha, nomeia, explora: crioulo, otelo, king cole.

o riso gentili (que não se vende pela tez dos dentes) faculta o açoite - a cabra nos guizos - do mascote de circo: ele, o famigerado, esfarelado entre jogos frívolos de consortes (a conivência de sócios na compra&vendas de sortes alheias) e isso mesmo nos supostos ótimos da raça: de um a outro, disse bolle, tentou-se o prumo do diálogo, mas só o do jagunço escolado, não o do entregue à própria cor. a prosa de ferpas entre veredas, não crispada mas como que articulada por molas (deserto é o de quem está fora, em sobrevoo, que no dentro só há paredes e é oco): vianda, vianda e um macaco pra janta de gentes gentilis.

não precisa de in-fans, sig-nans, nem é alguém: tem um branco na sombra e ganha como cabra de ganho, nem em sonho é aquele, ou nem é mais aquele (espécie de ele-nenhum, o que a câmera não capta). mesmo no poema não escapa.

calão (calar para que o nome venha de um não, à mão pesada)(sem artigo mesmo) de caserna (sem anistia ao carcereiro)(aquele com cheiro de bolge do florentino) (aquele do velho fascio no calabouço, pedindo aos campos um resgate institucional via cartinha ao embaixador) do barroco do mattos guerra (capanga de classe&raça, jabor dos seis centos). nomear os nomeadores (bardos sem borda, no à vontade do arbítrio), no contrapé, via tiros no esfíncter e prosa perturbada, saliva de sibila.

palavra, não bata na trave, fira o mero com cara de melro (de keats a eliot, carcereiros centauros da glote, um trote, ou nenhum): entretanto a medida é a mão, quem cava ou é cavado o sabe.

sacra a cura do broxa branco (saco de cancro, se tanto):

ainda a sua pele, dentro, onde a sorte é certa, ventre, e a piada é pronta, preta.

(puya.11)

como escavar sem
o mole da pedra
sabão o crispado
da pedra do cabral?
do saponáceo 'pro
paganda de branco'
ao crack 'usança
de negro' não
há dança só
cortes mas
inda assim
como isso
na langue
do assassino?

(puya.10)

opoemacomocrítica

(puya.9)

nomes de negro
por regra
são sistematicamente
nomes no negro
(rosa os deu e,
sim, meu pai e eu)

(puya.8)

torce tanto
que o verso (ver-o)
não volta
a ler-o
não da versura
como pound
à usura

(puya.7)

conta o sol (os sóis)

nada que o

nada não estrague

(solo a mesma

frase) nem há

mallarmé que

o afague

d

do

sin

poja

cena de

ser nomeado

rato de

catarro de

garapa

(puya.5)

rediga pretinto

o paradigma branco

dos brancos: não

há barco tumbeiro

bêbado

(puya.4)

também queria o narrado do nada

ao som da mijada birra

do rimbaud (sim ao suor

do que se escora sem uma

- aquela uma - perna)

ps. não há o papagaio

da felicidade

(puya.3)

não fala (não

tem colunas a

senzala) ou

tra língua

a mesma

e erma (mais)

de ouro au

gusto ou

tra lida ou

tros campos

não seus

(mais o

asco do

concreto

poeta

de osasco)

(puya.2)

ou uchoa leite

à beira (plantando ou

tdoor em

ror de escamas)

(puya.1)

é liso e lúcido

o jabón do enjam

bement como

se diz no poema

como não se diz

do siscar (o

siso do

estive-sendo

palmer) assim

o assassin-au

gusto

Poemas Baseados, as fissuras do falso plagiário

Ronald Augusto[18]

Em ensaio dedicado ao poema dramático de Mallarmé L'après-midi d'un Faune e às controvérsias a respeito das sucessivas versões a que foi submetido desde sua primeira recusa para ser encenado, Décio Pignatari aventa a hipótese de que o simbolista concebeu seu experimento como uma "antiestocástica do poema". Pignatari define o processo estocástico, relacionado à informação, como a "aproximação gradativa a uma mensagem desconhecida a partir dos dados de um código conhecido". Exemplo desse processo: o do progressivo ajuste de foco de uma imagem, o movimento de "um desfoque máximo para um foco otimizado."[19]

Em outras palavras, o gesto estocástico, do ponto de vista cognitivo, significa interpretar o que nos parece novo em termos que do que nos é redundante. Mallarmé respondeu a cada recusa ao poema dando-lhe um tratamento sempre

[18] Ronald Augusto é poeta e autor de, entre outros, *Confissões Aplicadas* (2004), *Cair de Costas* (2012), *Decupagens Assim* (2012), *Empresto do Visitante* (2013), *Nem raro nem claro* (2015) e À Ipásia que o espera (2016).

[19] CAMPOS, Augusto de; CAMPOS, Haroldo de; PIGNATARI, Décio. *Mallarmé*. São Paulo: Perspectiva, 1980, p: 107.

mais e mais distante de uma configuração apropriada a um texto encenável ou facilmente decodificável. Por uma série de supressões sintáticas e lexicais o poema foi perdendo comunicabilidade dramática e ganhando em elipse e concentração ao nível da melopeia e do seu campo visual; em suma e, talvez, paradoxalmente, silêncios, opacidades e lacunas expressivas foram introduzidos em sua linguagem obscurecendo-a.

As fissuras e "as taras do autor notório larápio de filetes [...] de linguagem", reunidas em Poemas baseados, formam uma figura singular de antiestocástica, apropriada aos interesses do poema-sobre-o-poema ideado por Ricardo Pedrosa Alves. Curvado sobre um conjunto restrito de criações e textos alheios, o poeta, cujo escrever se constitui a contrapelo de imaginar, se aventura a interpretá-los a partir de uma acepção musical, ou seja, aqueles poemas servem de partituras cujos signos verbais e não-verbais passam a ser redefinidos plasticamente pelo poeta expropriador.

O objetivo não é o de uma simples decifração ou otimização desanuviadora dos significados relativos aos poemas de partida. O objetivo é forjar um poema-rival, exsurgido através das entranhas e das frinchas de cada poema que lhe serviu de base, de plataforma de lançamento. Por isso trata-se de uma antiestocástica, porque não estamos nas redondezas da paráfrase ou, por analogia, da tradução infensa à traição. Porque Ricardo Pedrosa Alves não tem nenhuma comiseração com a angústia pelo sentido, que afeta tanto o leitor daqueles poemas que provocaram a ideação crítico-criativa do poeta, quanto o leitor que agora precisa se haver com as peças perturbadoras, elas mesmas, de Poemas baseados.

Esses poemas segundos – pois o princípio da anterioridade pode ser evocado – que, num tour de force, alcançam a sua primeiridade, em sentido peirciano, isto é, se sustentam como ícones, qualidades, objetos monádicos que se descolam de suas referências. Cada experimento de Poemas baseados prefigura a ideia e a forma de um sentimento. Não obstante o forte apelo crítico dos poemas de Ricardo Pedrosa Alves, o que resulta deles não é cognição, nem regularidade. O que vem à superfície é a irrupção imagética, a sintaxe como um torneio de sintagmas e fragmentos irredutíveis – porque retroagem sempre ao devir de sua simplicidade icônica – àqueles poemas aparentemente pilhados pelo plagiário.

Com efeito, o leitor de lápis em punho, às vezes presunçoso, não sairá da memória que guarda do Fausto de Pessoa, nem do seu convívio com o Meu Fausto de Paul Valéry – ambos escarificados e eviscerados, agora, pela neografia de Ricardo Pedrosa Alves –, esse leitor não sairá, depois disso, mais sabido acerca dos fugidios significados metafísicos entranhados aos poemas, porque a hermenáutica do poeta, desataviada e livre, não pretende facilitar a vida do leitor. Poemas baseados se avoluma em proliferantes investigações poéticas. Tal como o Mallarmé na aventura obsessiva de L'après-midi d'un Faune, Ricardo Pedrosa Alves não quer o esclarecimento ou o paratexto, nem a usura do significado. Aqui tudo é figura de expropriação, signos de muitos possíveis e modalidades de um ser estético que é tal como é desde o alheio em que se reconhece. Poemas baseados, um banquete após uma expedição de conquista.

Sumário

Tabuletas de Marduca

Falsos Faustos

Kurt Schwitters passou pela Terra
ou
Achados e Roubados

Cair de costas

Este livro foi impresso em papel pólen 90g/m², tipologia Garamond 12 / 18, no inverno de 2018.